AF388763

POEME SVR LA VIE, GESTES, ET MORT

DE MONSEIGNEVR LE TRES-Illuftre Cheualier de Guyfe.

Compofé par IEAN le SVEVR, & dedié A MONSIEVR DV PESCHE'.

A PARIS,

Chez IEAN LIBERT, ruë fainct Iean de Latran, pres le College Royal.

M. DC. XIIII.

A TRES-NOBLE ET TRES-
VALEVREVX MESSIRE ANTOINE
de Saint Charmant Gouuerneur de Guyſe, & Ca-
pitaine de cent hommes d'armes ſoubs Monſeigneur le Prince de Conty, Seigneur du Peſché, & de
Mery &c.

MONSIEVR il m'eſt arriué ce qui arri-
ue ordinairemét à celuy qui croyant
le Ciel eſtre ſerain, ſe trouue eſſourdy
tout a coup de quelque eſclatant tonnerre, ſi
que demeurant fort long temps ſans parler en
fin reuenant à ſoy raconte aux autres les cauſes
de ſon eſtonnement, de meſme eſtant ſur les
conſiderations des trophées, & congratula-
tions que lon faiſoit à ce genereux Prince
Monſeigneur le Cheualier de Guyſe, en l'vne
des plus belliqueuſes prouinces de France, vn
eſclat inopiné d'vn foudroyant canon luy
ayant rauy la vie, & l'atente de ſes belles vertus au François, m'a tellement eſtourdy &
rauy les ſens, que iuſques au iourd'huy ie nay

peu en ſonner mot : de ſorte que ſi apres tant
d'autre on iugeoit que ie vinſſe trop tard il faut
s'en prendre à mon eſtonnement qui m'ayant
eſté plus grand qu'aux autres m'a duré plus
long temps : mais quoy que ce ſoit, ie ne viens
que trop toſt vous preſenter ces funebres con-
ceptions, & Dieu veuille qu'en quelque autre
ſubjet ie puiſſe vous faire paroiſtre combien iay
de vouloir de demeurer à iamais

MONSIEVR,

Voſtre treſ-humble & treſ-obeiſſant
ſeruiteur LE SVEVR.

POEME SVR LA VIE,
GESTES, ET MORT DE .
MONSEIGNEVR LE TRES-
Illustre Cheualier de Guyse.

Voy doncque les sanglots, les soupirs, & la rage,
Les cris, & les regrets, m'abatront le courage?
Ou bien sera-il vray, que la posterité
Me blasme iustement pour ma temerité?
De vouloir inserer en mes vers Alexandre
Que tout cest vniuers ne peust iamais comprendre:
Ouy ie l'accorde ainsi, affin que mes Nepueux
Lisent en cest escrit l'abregé de mes vœux,
Que ie fais à celuy qui fust sans nulle enuie,
Les douces vouluptés de nostre humaine vie,
Car voulant tesmoigner, suiuant ma passion,
Non pas quelque scauoir, mais vne affection,
Ie mesprise tous ceux, qui diront temeraire
Mon pinçeau que d'oser crayonner ou pourtraire,
Son teint, mais non, sa fin, son sort, mais-non, sa mort,

A iij

Non ſa vie ravie au ſalutaire port,
Ceſſez doncque mes yeux d'arrouſer de vos larmes
Ce papier ou i'eſcry ces miſerables carmes:
Mon courage ne veut, ſe laiſſer ſurmonter
Par les cris, & les pleurs, que l'on peut eviter,
Et bien que ce me ſoit comme choſe impoſſible
Ie veux forcer moy meſme & la rendre poſſible:
Neſt-ce pas de l'honneur a cil qui entreprent
Vn acte genereux, bien qu'il ne ſoit au rang
De ceux qui ont ioüy d'vne bonne fortune
Et qui en leurs deſſeins l'ont trouuée oportune:
Comme les terre-nez qui trop audacieux
Entreprirent iadis d'eſcalader les cieux,
Mettant pour cet effect montagne ſur montagne
E des lieux montagnars faiſants vne campagne,
Car bien que leur deſſein n'euſt ſa perfection
Si ſont-ils celebrez pour ſi grande action.
De meſme s'il aduient que mes vers on meſpriſe,
L'honneur me ſuffira de ſi noble entrepriſe.
Par leur ſubiect mes vers ſe feront eſtimer
Et ſi trop librement on n'oſera blaſmer
Ma muſe, s'il te plaiſt (du Peſché que l'on nomme
Le plus grand des guerriers & deſſus tous en ſomme
Fauory des neuf ſœurs plus valeureux que Mars
Cheriſſant à l'egal les armes & les arts)
Fauoriſant mes vœux la prendre á ton ſeruice
Receuant de bon œil ce ſien petit office,
En memoire de cil qui fuſt en ces-bas lieux

Le but de ton esprit, & l'obiect de tes yeux.
Que pleust-il a celuy qui retient toutes choses
Au verdoyant pourpris de ses palmes encloses,
Que ma lire ne fust occupée à chanter
De si funebres airs, ma Muse à enfanter
Pour second nourriçon cet œuure pitoyable,
O malice des cieux! ô dessin miserable!
O implacable mort! qui sans egard ny chois
Asséne de ton dard les Princes & les Roys,
O mort s'il est ainsi qu'il faut qu'vn chacun passe
Tu deuroys pardonner à ceste noble race
Sacré tige de Roys qui se sont veus couuerts
De lauriers conquestés sur tout cest vniuers:
Tu es mort beau soleil, tu és mort Alexandre,
L'as tu nous à quitté, & ie ne puy comprendre
Lequel d'entre les Dieux, ou quel esprit malin
Te fist à mon dommage esprouuer le destin:
C'est Palamne ie croy qui superbe commande
Dedans l'air ennemy de la mortelle bande:
Qui t'a mis en la tombe à nostre grand malheur
Enuieux de nos biens & de nostre bon-heur,
Mais helas quai-je dict; ie faux, c'est le Monarque
Des cieux qui l'a rauy, & mis au ciel pour marque
A nous, & nos néveux, que la France n'est pas
Ny digne de l'auoir, ny de porter ses pas:
La France a ses Seigneurs est crue e marastre
Des le flanc maternel il sentit le des-astre
De son cher geniteur, qui tousiours combatis

Pour Dieu, puis glorieux de ce monde partit.
Aussi tost la fureur d'vne guerre ciuille
Esmeut les citoyens de ceste grande ville
Pour l'aduance trespas de ce grand demi-Dieu,
La mere apres auoir fendu par le milieu
De tristesse son cœur, apres auoir sans cesse
Ietté mille sanglots, tesmoigné sa detresse
Par les cris, & les pleurs, & de plaintifue vois
Assourdy les rochers, les forests, & les bois:
Vn grand nombre de Dieux esmeus de telle plainte
Et des iustes douleurs dont elle estoit attainte
S'estoyent deliberez, de la rauir au ciel
Pour viure de Nectar, d'Ambrosie, & de miel,
Ou de la transformer comme vne Philomelle
Pour chanter les regrets de son amant fidelle,
Sinon que Iuppiter le monarque des Dieux,
Empescha ce dessein, ô Citadins des cieux
Dit-il, ie vous defend de prendre aucune cure
De ce tige Royal, car l'Acheron ie iure
Que si quelqu'vn de vous procede plus auant
En ce fait contre moy, ie le feray sçauant   (naistre
Que bien que des grands Dieux quelqu'vn se soit veu
Il ne se doit iamais attaquer à son maistre,
Quel peu sage conseil, quelle temerité,
Vous fait or attenter contre ma Royauté?
Comment? ignorez vous que ie ne tienne vn foudre
En main, duquel ie puy tous vous reduire en poudre,
Ignorez vous ma force, & puissance, & vigueur

Pour

Pour vanger & punir tout crime à la rigueur?
Nonobstant ie remets le tout en ma clemence
Me souuenant du bien, & non pas de l'offence,
Or vous voulants priuer de la splendeur des cieux
Parthenie, ie veux qu'elle viue en ces lieux
Belle nimphe qu'elle est pour donner la lumiere
Ainsi que nous voyons la lampe iournaliere
Esclairer aux mortels, elle porte en ses flancs
Vn braue demi-Dieu qui passera les rangs
Des plus vaillants guerriers, & par toute la terre
Il se fera nommer la guerre de la guerre
Et n'estoit ô mal'heur! que l'inique destin
En son ieune prin-temps luy tramera sa fin
Lon voyroit son beau front tout couuert de trophées
Cueillis aux champs feconds des terres Idumées,
On voiroit le croissant mille fois combatu
De son bras, prosterné aux pieds de sa vertu:
Parquoy ie veux present en l'honneur de la France
Comme Dieu presider à sa belle naissance
Et si ie vous adiure & fay commandement
De m'assister au point de cest enfantement,
Affin que d'vn aduis nous y puissions tant faire
Qu'il soit dedans le monde vn parfaict exemplaire
A tout homme mortel pour les perfections
Qui orneront sans fin toutes ses actions:
Ainsi parla Iuppin & la celeste Eschole
Preste d'exequuter sa diuine parolle
S'assemble promptement soubs les riches lambris

Des Sales & Chasteaux du triomphant Paris,
Qui receut volontier la belle Parthenie
En sa protection, apres que la manie
Et l'iniuste fureur eust contraint à la mort
Cil qui deust estre exempt de la rigueur du sort,
Et que l'on-eust priué ceste grande Princesse
De deux de ses enfants: en sa grande detresse
Vers les dieux immortels ayant son seul recours
Et huchant par trois fois Lucine à son secours
En presence des Dieux ceste dame feconde
En fin se deliura du plus parfait du monde:
L'on vit incontinent ceste noble cité
Se resiouïr au bruiɛt de la natiuité
De ce petit heros, l'on ne vit que bombance
Que festins, que festons, que tournois, & que danse,
Par tout ses carefours : taisant modestement
Les plus graues tesmoins de son contentement
Ie diray qu'elle ayma si fort ce ieune Prince
Que ieune l'estima digne d'vne prouince
Et cupide de voir aduançer son renom
Au Baptesme ondoyant l'enrichit de son nom
Et pour son vif esprit & la belle esperance
Qu'il donnoit aux mortels du iour de sa naissance,
Pour son front Martial, pour ses yeux accomplis,
Surpassant en beauté les roses & les lis,
Pour ses perfeɛtions, affin de mieux comprendre
Sa grandeur conioingnit à Paris, Alexandre,
Certe fort prudemment si la proportion

S'obſerue en toute choſe en ſa perfection,
Car ce Prince eſtant nay de grande & noble race
De Roys portant au cœur & ſur le front l'audace
Des plus braues guerriers, l'adreſſe, & la valeur
La magnanimité, ſon courage vainqueur
Le faiſant meſpriſer ce que Mars aprehende
Luy peut-il conuenir que toute choſe grande?
Alexandre fut grand, valeureux, & hardy,
Magnanime, vaillant & iamais refroidy
D'aucune aduerſité, pareil noſtre grand Prince
Quoy qu'vn mal aduenu le trauaille & le pince,
Il demeure conſtant, comme vn ferme rocher
Que l'onde ny les vents ne peuuent clocher
Dés qu'il eſtoit encore en ſa tendre ieuneſſe
Il aymoit l'entretien de la graue nobleſſe
Non pas de vains propos comme les autres font
De meſme aage parlants indiſcrets & qui ont
Leur eſprit attaché à choſe puerille
Car gaillart & ioyeux, de nature gentille
Il ne parloit iamais que de forts, ou rempars,
De Tours, ou de Chaſteaux, de guerre, & des hazars
Qu'elle aporte à tous ceux qui mutins & rebelles
Contre leur ſouuerain eſmeuuent des querelles
Au contraire l'honneur, & le contentement,
Qu'elle cauſe à celuy qui combat vaillamment
Pour ſon Prince, & qui meurt, au lieu qui le conuie
Pour la foy, s'aquerant vne immortelle vie
Et ſi bien ſ'imprima ce precepte en l'eſprit

Qu'il ne viuoit au monde ains en luy Iesus Christ,
Car telle pieté reluisoit en son ame
Qu'il ne sembloit vn homme ains plustost vne flamme
D'amour plus que diuin qui sans cesse bruslant
Ainsi qu'vn feu sacré ne s'aloit consumant,
Au contraire allumé du iour de sa naissance
Au lieu de consumer prenoit de l'accroissance.
Comme l'on voit vn feu qui du commancement
Petit, croistre tousiours de moment en moment.
Or Phœbus auoit fait douze fois sa carriere,
Depuis qu'il iouissoit de la belle lumiere
Des cieux, lors que sentant son cœur époinçonné
De la pointe d'honneur, & que passionné
A trop iuste raison pour la foy catholique,
Il desire cent fois combatre l'heretique
Qu'il voyoit a ses yeux par nouueaux documents
S'opposer à Dieu mesme & aux enseignements
Que sa grande bonté nous donna pour ensniure
Affin que nous peussions bien mourir & bien viure:
Mais voyant les trophés les palmes, & lauriers
L'Oliue porte-paix du plus grand des guerriers
De leur ombre couurir la miserable France
Qui dés longtemps estoit en tres-grande soufrance
Par ciuiles fureurs, il resolut en fin
De tourner courageux la valeur de sa main
Contre les Othomans, & pour ce, qu'on exalte
Il se fit mettre au rang des Cheualiers de Malte,
(Ordre qu'on recognoist pour le base & maintien

Plus stable & asseuré de l'empire Chrestien,)
N'esperant qu'en Dieu seul, & prenant pour partage
Des biens & des plaisirs de ce mondain passage
Les trauaux, les perils, les assaults, les hazars,
Les horreurs des combats, & les fureurs de Mars,
Pour defendre sa foy, son Prince, & sa patrie,
Les temples, & autels, contre l'idolatrie
Du Turc monstre endiablé, lequel comme l'on dict
Pour tant de cruautez doit estre l'Antechrist
Et qui auroit plus loin estendu sa puissance
Sinon que nostre Prince opposant sa vaillance
Aux forcenés efforts de ce Mahumetain
Il n'eust tost reprimé son courage mutin,
Car il fist tellement plouuoir dessur sa teste
Mille traits eslancés que l'iniuste conqueste
Qui n'eust auparauant aucun borne certain
Se vit or l'imiter par l'effort de sa main:
Ainsi qu'vn gros torrent du haut d'vne montagne
Peuple facilement la prochaine campagne
De cailloux, d'arbrisseaux, de sablon limonneux,
Mais s'il trouue opposé vn rocher cauerneux
Ferme, superbe, & haut, il arreste sa course
Puys retourne contraint à sa premiere sourse.
Le renom que l'on voit acquerir en courant
Des aisles à ses pieds, menteur le plus souuent
Se trouua ceste fois à ce Prince equitable
Car de droit il rendit sa valeur redoutable
Par tout cet vniuers, si bien que l'estranger

Aux pieds de ses vertus vinst les siennes ranger
La Turquie l'admire, aussi fait l'Italie,
La Perse le redoute, aussi fait Getulie,
Le Germain qui ne fut oncque en captiuité
Craingnoit qu'il n'attentast contre sa liberté,
L'impieux Mahommet redoutoit aux alarmes
Comme vn foudre grondant la fureur de ses armes
Neptun mesme craingnoit sa proüesse & valeur
Quand il eust remarqué son courage vainqueur
En vn combat naual, ou son braue courage
Tousiours victorieux fit vn si grand carnage
Des soldats circoncis, qu'il ne sembloit au flanc
Des vaisseaux, vne mer, ains vn fleuue de sang
Apres ce grand exploit il s'en reuint en France
Tout chargé de lauriers affin de sa presence
Approuuer le dessein de longs temps proiecté
Par le sacré Conseil & par sa Majesté.
Il honora si bien la pompe nuptiale,
De son Prince, que si belle place Royale
La nature t'auoit concedé pour parler
Vne langue, vn Palais, tu sçaurois reueler
Comment ce Caualier par sa fidelle adresse
Sur tous autres galant, paroissoit en la presse
Autant qu'on voit vn pin surpasser les coupeaux
Espineux & touffus des petits arbrisseaux:
Tu sçaurois raconter ainsi que son Monarque
Admirant ses vertus, le prise & le remarque
Cheualier plus adroit, plus vaillant, & plus fort,

Plus prudent, plus discret, plus sage, & plus accort,
D'entre ces ieunes Mars, qui tous en sa presence
Temoingnoyent leur force, aussy leur suffisance:
Tu dirois qu'outre-plus sa vaillance aux combats
Il manioit fort bien les affaires d'estats,
Il estoit eloquent, sa parole micleuse
Eust fleschy les esprit de l'onde Stigieuse
Son beau geste, & maintien, son port, sa grauité,
Son œil doux, & benin, & sa facilité,
Son parler gracieux, la beauté de sa face,
La taille de son corps belle auecque sa grace,
Et ses rares vertus en leur perfection
Rauissoient tout le monde en admiration:
Diray-ie le respect qu'il portoit à sa mere
Et l'honneur qu'il faisoit à son seigneur & frere
Ce grand Duc que l'on voit marcher en l'vniuers
Le chef enuironné de l'auriers tousiours verds:
En apres ce seroit vne chose impossible
D'exprimer la concorde, & l'amour indicible
Qne l'on vit entre luy & ses autres germains
Princes les parfaits d'entre tous les humains
L'vn mesprisant du tout les choses terriennes
Il veille bon pasteur pour les ames Chrestiennes
Et l'autre valeureux, & constant en sa foy
Reserue sa valeur pour defendre son Roy:
Qui pourroit raconter l'honneur & la caresse
Qu'il faisoit à sa sœur ceste grande Princesse
De Conty, que l'on voit comme vn astre des cieux

Pour ses perfections paroistre en ces bas lieux.
Or doncque nostre Prince estant de tel merite,
Son Monarque long-temps medite & remedite
En quelle dignité, ou bien charge d'honneur
Il pourroit employer vne telle valeur
Puis ayant bien noté sa grande suffisance
Le fit son Lieutenant general en Prouence
Auquel ayant rendu mille remerciments
Et pris le contenu de ses commandements
Il fait tous ses a-dieux pour donner tesmoignage
De son affection, & d'vn fidel courage
Enuers sa maiesté, sans faire long seiour
Regreté d'vn chacun il delaisse la Cour,
Pour aller en Prouence, ou les lettres du Prince
Le faisant receuoir maistre de la prouince
L'on ne vist que festons, que festins, & balets,
Que tournois, que tabours, que sons de flageolets,
Que fifres, violons, & toute la noblesse
Au point de son deuoir, tesmoigne l'alegresse
Et le contentement qu'elle reçoit au cœur
De se voir commander d'vn si braue seigneur
En apres l'on voyoit la lourde populace
Se plaire à contempler la beauté de sa face,
Car si tost qu'il entroit dedans quelque cité
Curieuse de voir telle solennité
Elle estoit sur les murs, icy sont les viellars
Decrepits, & cassés, resueurs & babillarts,

De là

De là les hommes forts, icy sont les fumelles,
Les vieilles d'vn costé, de l'autre les pucelles,
Les matrones icy, tenant leurs enfançons
Et sur les plus hauts toitz les folastres garçons.
Muse arrestons nous là, dispensons nous du reste
Car helas ô mal'heur! ô fortune funeste!
O malice des cieux! i'aperçoy tout auprés
Du laurier triomphant des branches de Cyprez
Ah vieil Chasteau de Baux mal'heureux habitacle
As tu peu contempler vn si piteux spectacle?
En toy ce ieune Prince à fermé ses beaux yeux,
En toy mesme il perdit la lumiere des cieux,
Fermant sa belle bouche ou sourdoit l'abondance
D'vn parler tout diuin orné de l'eloquence
Bref ou ce Prince est mort qui ne laissa sinon
Dedans le cœur des siens vn regret de son nom.
Ah funeste canon! coulpable de nos peines
Que ne serroys-tu bien tes pores & tes veines?
Ou s'il faloit creuer, ne pouuois-tu passer
O malheureux esclat sans ce Prince offenser?
Ie deteste vulcan, ses marteaux, son enclume,
Ses tenailles, son feu,, son charbon qui allume
Et fait rougir le fer pour n'auoir bien soudé
Ce foudre que l'on vit si soudain dessoudé
A nostre grand mal'heur, or tombeau qui enserre
Ce Prince genereux, releue toy de terre
Et permets à ma voix pour le dernier à-Dieu

De luy dire ces mots en ce lugubre lieu:
Prince tu es heureux d'estre mort à ceste aage
La malice peut estre eust gasté ton courage
Et si tu as vescu plus que ceux-la ne font
Qui portent le poil gris & les rides au front
Puis que c'est la vertu de beaux gestes suiuie,
Et non pas les vieux ans, qui fait la longue vie,
Tu es mort il est vray, mais tu vis dans les cieux
Bien-heureux, immortel, candide, & glorieux,
Enyuré de Nectar, de miel, & d'Ambrosie,
De mets delicieux, & de la maluoysie,
Sans crainte, ny soucy, dedans l'entendement
Qui trouble ton esprit, & ton contentement,
Quel regret pourroit doncque entrer en ta pensée
De voir tes ieunes ans & ta vie passée
Au monde, veu qu'elle est bien plustost vne mort
Esclaue du destin, tributaire du sort
Subiecte à mille maux, subiecte à l'inconstance
Des astres & des cieux, & de leur influence
Or vis donc bien-heureux bel astre de nos iours,
Bel ame, beau soleil, & nous iete tousiours
D'enhaut quelque rayon de ton œil fauorable
Regarde par pitié la France miserable
Qui n'est plus qu'vn Chaos, vne confusion,
Vn chacun y viuant à sa discretion,
Conserue nous en paix & que nos bonnes villes
Ne puisse pas tomber en des guerres ciuilles,

Ainſi le froid tombeau ſoit leger à tes os
Ainſi puiſſe tu viure en eternel repos,
Ainſi puiſſe-ie voir immortelle ta gloire
Ainſi puiſſe mon vers honorer ta memoire,
Et ne t'offence pas de ſi mauuais eſcrits
Ta mort inopinée à troublé mes eſprits.

FAVTES.

Page 6. vers 8. faut lire, & cil qui entrepreut,] Page 6. vers 15.
des lieux montagnars.] Page 15. vers 21. Princes les plus parfaits
&c.]